그녀를
그리다

그대를 그리다

박상천 시집

나무
발전소

아내가 세상을 떠난 지 내년이면 벌써 10년. 결혼 30주년을 한 해 앞두고 아내는 떠났다. 떠나긴 했지만 그녀는 늘 내 곁에 있기도 했다. 거실 영정 사진이 아니라 내 삶 여기저기에 있었다. 늘 있지만 늘 없는 그녀를 생각하며 10년간 쓴 시를 모았다. 아니, 아내와 이별한 후 어둠 속에 버려진 내 삶에 관한 시들이라고도 할 수 있다.

그녀가 떠난 것은 2013년 여름 막바지. 16년 만에 출간하는 넷째 시집이 나오기 며칠 전이었다. 오랜만에 시집이 나온다는 얘기를 듣고 그렇게 좋아하더니만 그걸 보지 못한 채 가고 말았다. 그 후 또 10년, 이 시집도 만져보진 못하겠지만 읽기야 하겠지. 고맙다, 박인숙.

2022년 어느 봄날
박상천

차례

제1부 : 이불

제2부 : 단추

제3부 : 살다 보면 살아진다

제 1 부

이불

이불

가을을 지나 겨울.
그리고 그 겨울이 깊어졌지만
어느 날 문득,
덮고 있는 이불이 여름 거 그대로임을 알았다.

간혹 바뀐 이불의 두께와 무게로,
혹은 달라진 이불의 냄새로
계절이 바뀌었음을 느끼곤 했다.
그녀가 떠나기 전까지는 분명 그랬다.

그러나 이젠
시퍼런 가을 하늘도,
펑펑 쏟아지는 하얀 눈도 아무 의미가 없다.
그 의미 없는 시간의 한 구석 어딘가에
나는 버려져 있을 뿐이다.

의미 없는 시간의 찬바람이

초라한 이불 속을 파고드는 밤.

아, 이불장 속 압축팩엔

그녀가 넣어둔 지난 계절이 그대로 남아 있을까?

압축팩 지퍼를 열면

그 계절의 따뜻한 냄새가 부풀어 오르며

되살아날 수 있을까?

전화

아침이면
전화기를 들여다보며,
그녀의 이름이 몇 번쯤 찍혔는지에 따라
전날 밤 나의 술 취한 정도를 가늠하곤 했다.
술에 취해 어딘가에서 졸고 있을지 모를 나를 위해
응답 없는 전화를 계속 걸어대던 아내.

이젠 전화기에 그의 이름이 뜨지 않은 지
시간이 꽤 지났지만
난 아직 그의 번호를 지우지 못한다.
번호를 지운다고
기억까지 지울 수 없을 바엔
내게 관대했던 미소와
아직 생생한 목소리를 떠올리며

고맙고 미안했던 그녀에게

응답 없는 전화라도 걸고 싶기 때문이다.

그곳,

아내의 전화기엔 나의 이름이 뜨고 있을까?

흔적

아침이면 블라인드를 열며
창밖 대추나무에 와서 시끄럽게 구는 새들을
선한 눈으로 바라보는 당신이 거기 있습니다.
창밖을 내다보기 좋아하던 당신,
당신은 아직 그렇게 창가에 서서
아침 햇살을 즐기고 있습니다.

책장을 넘기다 보면
접힌 책갈피로 혹은 낯익은 글씨로,

밤늦게 집에 들어오다 보면
술 취해 돌아오는 남편을 바라보는
애처로운 눈빛으로,

일요일 저녁 밥상에 앉아

함께 술잔을 나누다 보면
조금 말이 많아진 붉어진 얼굴로,

화초 위에 맺힌 물방울로,
성모자상 앞에 놓인 묵주로,
잘 닦인 싱크대의 반짝임으로,
아침이면 커피 내리는 소리나 그 향기로
신문 위에 놓인 붉은 테의 돋보기로,
때론 컴퓨터 자판 두드리는 소리로,
가을만 되면 이미 소파에 놓여있던 담요로,

당신은 늘 거기에 그렇게 있습니다.

햇볕

당신은 간혹 도마며 반찬 그릇들을
창가에 널어 말렸지요.
플라스틱 도만데, 세제로 빡빡 씻으면 됐지,
뭐, 햇볕에 말리기까지야…
널어놓은 것들을 보며 난 그렇게 생각했지요.

어느 날, 김치를 썰었던 도마를 아무리 씻어도
그 흔적이 남아 깨끗해지지 않았어요.
문득 당신이 하던 일이 생각나서
도마를 창가에 두고 햇볕에 반나절을 말렸지요.
그랬더니 신기하게도
도마에 배어있던 김칫국물의 색깔이 바래는 거였어요.
김치 그릇에선 냄새도 가셨어요.
아, 다시 하얗게 돌아온 도마를 보며,
냄새가 가신 그릇을 보며

세제가 할 수 있는 일과
햇볕이 할 수 있는 일이 다르다는 걸 알았지요.

당신 없는 집안에서
난 그저 세제의 역할밖엔 할 수가 없어요.
햇볕을 쬐지 못한 집안 이곳저곳엔
계속해서 얼룩이 남아 있네요.

딸의 마음이나 나의 마음속,
얼룩이 가시지 않듯.

식탁에서

아내는 늘 딸과 나 사이에 있었다.
식탁에서도 딸과 내가 마주 보고 앉게 하고
자신은 둘 사이에 앉았다.
완벽한 삼각구도.

이제는 딸과 나만이 마주 앉아 밥을 먹는다.
우리는 식탁에 앉아
이런저런 얘기를 나눈다.
음식 얘기, 날씨 얘기,
최근 있었던 일, 그날 겪었던 일,
최근 사회적 이슈까지…

그러나 삼각구도가 깨진 후
나는 늘 신경이 쓰인다.
딸도 마찬가지이리라.

서로 언성을 높일 말을 하지 않기 위해
우리는 서로에게 신경을 쓰고 있다.

그래도 식탁에서 가장 즐거운 화제 중 하나는
이제는 빈자리가 된,
그 자리에 앉았던 아내를, 엄마를 홍보는 일이다.
자기한테 불리한 애긴 못 들은 척한다거나,
우리가 좋아하는 순대국밥을 싫어한다거나,
아침잠이 많았다거나,
우린 서로 웃으며
엄마를, 아내를 따뜻하게 추억한다.

꾸역꾸역

김치냉장고 맨 아래 넣어두었던
마지막 김치 포기를 정리했습니다.
당신과 내가 농사지은 무와 배추로 담근 김치지요.
그러니까 벌써 두 해를 넘긴 김치네요.

당신이 담가놓은 김치가
늘 거기 있음에 안심이 되었기에
그냥 거기 두고 있었습니다.
그냥 거기 두고 싶었습니다.

그러다 언제까지 거기 둘 수는 없다는 생각에
오늘은 마지막 남은 김치를 꺼내 찌개를 끓였습니다.

딸아이와 나는 저녁상을 차려
김치찌개를 가운데 두고 밥을 먹었습니다.

서로 아무 말도 하지 않았습니다.

그냥 거기 둘 걸,
정리하지 말 걸,
자꾸만 후회가 되었습니다.
그리곤 꾸역꾸역이라는 말이
어떤 모습을 의미하는지 알게 되었습니다.

커피 머신

오래 망설이고 망설이다가
아내가 에스프레소 커피 머신을 하나 샀다.
뭐 그리 비싼 머신은 아니었지만,
그게 아내를 무척 행복하게 했다.

커피 머신을 들여온 후 아내는 몇 달 동안
'커피 내려 마셔야지' 하는 생각에
일찍 일어나는 일도 즐겁다고 했다.
게으름도 조금 피울 줄 아는 사람이
커피를 내리고 난 후
찌꺼기를 버리고,
부품들을 분해해서 깨끗이 씻는 일도 마다하지 않았다.
딸에게 카푸치노를 만들어 주는 일도 귀찮아하지 않았다.

아내의 커피 향에 나의 아침도 덩달아 행복했다.

아내가 떠난 후,

식탁 위에 덩그라니 놓인 커피 머신을 볼 때마다,

커피를 내리고 있는 아내 모습이

자꾸 눈앞을 스치고 지나갔다.

어느 날, 딸과 나는

그 커피 머신을 치우기로 합의했다.

우리는 그 말을 꺼내기가

어려웠던 것도 서로 잘 알고 있었다.

창문

아내는 큰 창문을 원했다.
오래 살던 집을 수리하며
그녀가 가장 하고 싶어 했던 일 중 하나는
부엌에 서서 밖을 내다볼 수 있는
창을 만드는 것,
그리고 앞 베란다로 통하는 중간 문을 허물고
마루에 서서 밖을 내다볼 수 있는
큰 창문을 내는 일이었다.

아내는 아침이면, 커피 한 잔을 만들어
창밖을 내다보는 일이 일상이 되었다.
집 앞 화단엔 갖가지 꽃들을 심어놓고
창문을 타고 올라올 수 있는
장미나 찔레와 같은 꽃들도 심어놓고.

간혹 집 앞 대추나무에 와서 놀다간
이름을 알 수 없는 새의 울음소리가
얼마나 아름다웠는지,
그 새들이 꽃을 어떻게 따먹었는지,
그 눈동자는 또 얼마나 신비로웠는지,
내게 얘길 해주곤 했다.

창문틀 선반엔 늘
김치나 반찬을 담았던 그릇이며, 도마며
냄새나는 것들이
창문으로 들어온 햇살에 몸을 말리고 있었지만
그녀가 내다보던 창문 밖엔
늘 그렇게 아름다운 세상이 있었다.

집 앞 대추나무엔 아직도 가끔

아내와 만났던 그 새들인진 알 수 없지만,

처음 보는 예쁜 새들이 놀러 오곤 한다.

마트에서 길을 잃다

당신과 함께 장을 보러 가던 마트에
이젠 혼자 가게 되었습니다.
딸아이가 따라오는 때도 있지만
혼자 가는 때가 더 많습니다.
혼자 장을 보노라면
예전과 달리, 당신 눈치 안 보고
사고픈 것을 사는 재미가 없는 건 아니지만,
당신 뒤를 따라 카트를 밀고 다닐 때완 다르네요.

당신과 함께 장을 보러 갈 때면
난 스스로 꽤 괜찮은 남편이라 생각했지요.
대단한 일이라도 해주는 것처럼 말입니다.
그러나 이젠 그렇지 않다는 걸 압니다.
장을 보기 위해서는
일주일 메뉴도 미리 생각해야 하고,

집안 곳곳을 살펴보며

무엇이 떨어졌는지, 무엇이 더 필요한지

일일이 메모를 해야 한다는 걸 이제야 알았습니다.

찬찬히 메모를 하고 장을 봤지만

돌아오면 또 뭔가 빠진 것이 있다는 것도 알았습니다.

이젠 나 혼자 메모지를 손에 쥐고

거대한 마트 안을 돌아다닙니다.

그러다가 문득 앞서가던 당신이 보이지 않아

난 갑자기 멍해지고 불안해집니다.

오른쪽으로 돌면 당신이 있을까,

물건을 고르고 있는 당신을 지나쳐 온 건 아닐까,

자꾸만 이곳저곳을 두리번거리지만

유기농 야채 코너에도, 정육 코너에도

당신의 모습은 보이지 않습니다.

앞서가던 당신을 잃어버린 나는

길조차 잃어버려 자꾸만 마트 안을 헤매고 있습니다.

고마워요

쌀이 거의 다 떨어져 마트에 갔어요.
그런데 오늘따라
매번 사던 상표가 아닌
새로운 상표가 갑자기 눈에 들어오더라고요.
그동안 아무 생각 없이
매번 사던 것만 샀었는데,
당신이 사던 그 상표만 샀었는데…

심지어는 쌀을 사는 일까지도,
당신은 내 속 너무 깊숙한 곳에
자리 잡고 있나 봐요.
당신이 자주 입던 옷 몇 벌,
아직 옷장에 걸려있듯.

당신 생전에 난,

내가 하고픈 대로 하고 살았지요.

참, 말 안 듣는 남편이었어요.

그런데 왜 이렇게

컵 하나, 그릇 하나 바꾸는 것도

쉽지 않을까요?

이제 삼 년 하고도 몇 달이 더 지났지만.

그래도 이 막막한 시간 속

몇 벌의 옷으로,

몇 개의 그릇으로,

늘 거기 있는 당신, 고마워요.

프리미어 리그

프리미어 리그 시즌이면
식구들 모두 잠든 한밤중이건 새벽이건
거실에 혼자 앉아
텔레비전 중계를 보며 즐거워하던 당신,
잠이 많던 당신이
자지 않고 축구 경기를 보는 것이
참 신기하기도 했다.

그래도 당신이 있을 땐 간혹 옆에서 얻어보고
밖에 나가선
유럽 축구를 아는 척도 했지만
당신이 떠난 후
지금까지 프리미어 리그건 유럽 챔피언스 리그건
한 번도 보지 못했다.
맨체스터 유나이티드 캘린더는

아직 2013년 8월인 채 안방에 걸려있지만,

프리미어 리그도, 챔피언스 리그도

내 일상에서 사라져버렸다.

오늘 새벽엔,

채널을 돌리다 우연히 프리미어 리그를 보았다.

중계를 보며

열심히 코치를 하거나

나에게 유럽 축구를 설명해주던

당신 목소리는 무음.

거짓말 거짓말 거짓말

당신, 최근 제게 전화 걸어 본 적 있나요?
당신이 혹시 제가 어떻게 사는지
궁금할 수도 있을 것 같아
착신음 서비스에
이적의 〈거짓말 거짓말 거짓말〉을 올려놓았어요.
가사처럼, 그렇게 그렇게 살고 있어요.

"물끄러미 선 채 해가 저물고
웅크리고 앉아 밤이 깊어도
결국 너는 나타나지 않잖아
거짓말 음 거짓말"
당신의 거짓말이 아니라
당신의 진심을 알기에 기다리고 있을 뿐이죠.

당신은 내게 '다시 오겠다'고

'잠깐이면 될 거라고' 말한 적은 없었지요.
그래서 당신이 거짓말을 한 건 아니지만,
제 생활이 어느 날 문득
모두 거짓말이 되어버렸지요.

늦은 밤, 내가 깊이 잠들어 전화를 받지 못하더라도
제가 어떻게 사는지
전화 착신음을 한번 들어보세요.
"우 우 우 우 우
찬 바람에 길은 얼어붙고
우 우 우 우 우
나도 새하얗게 얼어 버렸네"

가사가 슬프긴 하지만,
그렇다고 당신까지 슬퍼하진 마세요.

모두 거짓말일 거예요.

아름다운 구속

문득 라디오에서 흘러나오는
김종서의 '아름다운 구속',
당신이 참 즐겨 부르던 노래였지요.

이 노래를 부를 땐,
당신 목소리는 조금 높아지고
표정도 상기되었었지요.

아름다운 구속.
그래요,
어느 날 갑자기 서로 앞에 나타난
또 다른 나를 만나,
4개월 만에 결혼을 할 수 있었고
동성동본까지도 문제가 되지 않았지요.

결혼 초기,

우린 또 다른 나와 많이 다투기도 했지만,

어느 순간부터 우리의 구속은 아름다웠습니다.

난 당신이 목청 높여 부르는

김종서나 강산에의 노래를 좋아했고,

당신은 내가 감정을 잔뜩 실어 부르는

최성수나 박강성의 노래를

씨익 웃으며 받아들였지요.

우리의 구속이 참 편안해졌을 때,

내 앞에 당신이 문득 나타났던 것처럼

또다시 문득 세상을 떠나고 말았지만

나는 아직도 당신의 '아름다운 구속' 속에 있습니다.

라디오 주파수로는 잡히지 않는

당신 목소리가 그리워

갓길에 잠시 차를 멈춥니다.

제 2 부

단추

단추

반짇고리엔 그녀가 모아둔 단추들이 있다.
색깔도 크기도 제각각인 단추,
수십 개 아니 백여 개도 족히 넘을 단추들이
몸을 부대끼며 모여있다.
그 많은 단추들의 표정을 일일이 들여다보며
떨어진 와이셔츠 단추를 하나 찾아보지만
딱 맞아떨어지는 단추는 없다.

결혼 초기,
우린 참 많이도 다투었다.
딱 맞아떨어지지 않는다고 난 불평을 했다.
왜 서랍 문을 꼭 닫지 않느냐고,
왜 치약을 중간에서부터 꾹꾹 눌러 짜 쓰느냐고…
당신 또한 그냥 참고 있지는 않았다.

그런데 시간이 흐르며 우린 친구가 되었다.
딱 맞아떨어지지 않아도 전혀 불편하지 않은
딱 맞아떨어지지 않아 오히려 편안한
그런 친구가 되었다.

당신이 모아둔 단추 속에서
딱 맞아떨어지는 단추를 찾다가
문득 딱 맞아떨어지지 않아도 편안했던
당신과 나의 시간들이 생각나
그냥 비슷한 거 하나 골라
떨어진 와이셔츠에 단추를 단다.

손톱을 깎으며

나는 손톱을 바짝 깎아야 직성이 풀린다.
조금이라도 손톱이 길면
그것을 그대로 두고 보지도 않는다.

어쩌면 손톱 깎기와 같은 버릇이
나의 일상에도 그대로 들어 있는지 모른다.
손톱을 깎다가 그런 생각이 들었다.

잘 내색하진 않았지만
그에겐 나의 손톱 깎기와 같은 삶이
얼마나 못마땅하고 답답하고 불편했을까.
손톱을 조금 남기고 깎는 여자와
손톱을 바짝 깎는 남자가 만나
그래도 그런대로 살아왔다.

손톱을 깎고 있으면

옆에서 보다가

'안 아파' 하고 묻고

'아프긴 왜 아파 시원하기만 한데'라던

아내와 남편이 있었다.

쑥갓

점심으로 시킨 동태탕 위에
쑥갓 몇 잎이 얹혀 나왔네요.
쑥갓 향은 참 특이하지요.

당신이 그토록 좋아하던 그 쑥갓을,
쑥갓 향기를
오늘, 오랜만에 다시 만나네요.

우린 주말농장 텃밭 한편에 쑥갓도 길렀지요.
쑥갓만큼은 모종이 아니라 씨를 뿌리겠다고
고집하던 당신.
당신이 떠난 후, 나는 그 알량한 농사일도
그만두었어요.
따뜻한 봄 햇살 속에 씨를 뿌리던 당신 모습,
쑥쑥 자라는 채소들을 보며

'아이구, 고마워라'며 연신 감탄하던 당신의 목소리,
뜨거운 여름 햇살 속에서 김을 매고 있노라면
그늘에 앉아 '그만 하고 오라'며 흔들던 당신의 손짓,
그 모든 것이 사라져버린 그곳에서
나 혼자 덩그러니 채소를 가꾸는 일이
부질없어진 것이지요.

오늘은 당신과 마주한 일요일 저녁상이 아닌,
어느 식당에서 쑥갓 향을 만나게 되었네요.
수확한 쌈 채소로 차린 저녁상 앞에 앉아 당신은
늘 같은 얘길 반복하곤 했지요.
'여보, 난 쑥갓 향이 참 좋아.'

오늘은 고백해야겠네요.
나는 사실, 당신과 결혼하기 전엔

쑥갓 향이 참 싫었다는 걸.

당신이 떠난 후, 몇 차례 봄이 오고 있습니다.
봄이 오지만 나는 다시 땅을 일구어
씨를 뿌리고 김을 맬 엄두를 내지 못하고 있습니다.
언제쯤이면 당신이 그리도 좋아하던
쑥갓 씨를 다시 뿌리고 가꿀 수 있을까요.

능소화

수서 분당간 고속도로의 초입에
담을 타고 넘어온 능소화가 꽃을 피웠습니다.
높은 소음차단벽을 타고 넘어올 정도로
이쪽 세상이 많이 궁금했나 봅니다.
웅웅거리는 소리는 들리는데,
대체 무슨 소리일까?
궁금하기도 했겠지요.

뿌리내린 세상과 꽃을 피운 세상이 다른,
참 특이한 주황의 꽃이
담 너머 또 다른 세상을 넘겨다보고 있습니다.

당신이 참 좋아했던 꽃, 능소화.
당신,
딸과 남편이 어떻게 사는지 궁금해
이렇게 넘겨다보고 있나요?

엄살

당신이 떠난 뒤,
난 엄살을 부릴 수가 없네요.

지난 연말 백내장 수술을 했어요.
딸이 걱정이 되었는지
직장 휴가를 내고 병원에 따라오겠대요.
난 아주 간단한 수술이니 걱정 말라고
내가 뭐 어린애냐고
니가 내 보호자냐고
웃으며 완강하게 오지 못하게 했지요.

당신이 있었으면
못이기는 척 따라오라 했겠지요.
아니, 따라오지 않으면 속으로
섭섭했을지도 몰라요.

수술 대기실에 있는 중년의 남자들에겐
아내들이 모두 따라와 있는 걸 보고
괜히 한국 남자들의 엄살을 생각하며
그냥 속으로 웃기도 했어요.

수술이 끝난 후 집에 돌아와
태연히 아무렇지도 않은 척했지요.
당신이 있었으면
아프다고, 불편하다고
엄살을 좀 부렸을지도 모르지요,
엄살인지 알면서도 당신은 받아 주었을 테고.
당신이 없어 난 이제 엄살을 부릴 수가 없네요.

얼레

나는 오늘도 계속 얼레를 감습니다.
집을 나서면서도
운전을 하면서도
술을 마시면서도
집에 돌아가 당신의 사진을 들여다보면서도
계속 얼레를 돌립니다.

서로를 묶어놓은 끈은
보일 듯 보이지 않는 것이었지만
우린 보이지 않는
팽팽한 힘의 아름다움을 믿고 살았지요.
그러던 어느 날 당신이,
줄 풀어진 연처럼 훨훨 하늘로 날아오른 후
난 이곳에 혼자 남아
느슨해진 얼레를 계속 돌려대고 있습니다.

그러나 느껴요

가끔씩 얼레에 '턱 턱' 걸리는 당신의 팽팽함.

집을 나서다가도

운전을 하다가도

술을 마시다가도

술에 취해 집으로 가다가도

가끔씩이지만 내 손에 와 닿는 그 팽팽함 때문에

오늘도 난 끊임없이 얼레를 감고 있네요.

주례

요즘 제자들 주례가 점점 많아지네요.
그만큼 나이가 들어간다는 뜻이겠지요.
당신이 떠난 후
나는 꽤 오래 주례를 맡지 않았습니다.
아내를 먼저 떠나보낸 사람이
주례를 맡는 건 옳지 않다고 생각했기 때문이지요.

그러나 그게 무슨 문제냐며
선생님이 아니면 안 된다며
자꾸만 주례를 서달라는
제자들 간청을 마다하기 어려워
하는 수 없이 다시 주례를 맡게 되었어요.
그래도 마음 한구석에는 늘
당신을 먼저 떠나보낸 일이 무겁게 자리 잡고 있어요.

난 늘 결혼식 전에
그들과 함께 소주잔을 나누며
길고 긴 주례사를 미리 애기하곤 하지요.
인생은 경주가 아니라 여행이라고…
가장 좋은 부부는
그 여행을 함께 하는 친구와 같은 사이라고…
애길 하다 보면 내게 가장 좋은 친구였던
당신 애길 빼놓을 수가 없지요.

그들을 보내고
집으로 돌아오는 늦은 밤이면
여행길에서 잃어버린 친구,
당신이 더 그리워집니다.
소주 몇 잔 탓인지
발걸음은 늘 터벅터벅합니다.

정리

어쩌면 삶을 정리할 시간이 없이
홀연히 떠나는 게
더 좋은지도 몰라요.
당신이 그랬듯이.

뒤에 남아
그것들을 정리해야 하는
사람들의 슬픔도 있겠지만,
정리하고 정리하고 정리해도
어디 우리 삶이 그렇게 깔끔하게 정리가 되나요.

그럴 바엔 손때 묻은 물건들,
늘 입던 옷가지,
함께 찍었던 사진,
소중하게 간직했던 컴퓨터 파일,

침대맡에 놓인 책,
연락처와 일정이 남아있는 휴대전화도
그냥 남겨놓고 가는 거지요.

그것들을 정리하는 일은
남겨진 사람들에겐 고통이겠지만,
떠나기 전 깔끔하게 정리했다고 해서
어차피 남겨진 사람들의 마음속 슬픔까지
정리해주고 떠날 순 없잖아요.

남겨진 사람들이
남겨진 물건들을 정리하며
슬픔을 정리하는 시간을 갖는 게 좋은지 몰라요.

그러니 안타까워 말아요.
아쉬워 말아요.

가을이 되었네요

함께 나들이할 때면
당신보다 걸음이 빨라 항상 앞서가는 나를 두고
늘 타박했지요.
걸음걸이 하나 못 맞춘다고,
마누라하고 걸을 때면 좀 느긋하라고...
그럴 때면, 난 그래, 그래, 그래야지 하면서
살며시 손을 잡고
당신 걸음에 내 걸음을 맞춰보기도 했지만
또 걷다 보면 어느새 내 걸음은 빨라져
당신보다 앞서 있곤 했지요.
가끔 뒤를 돌아보면
앞서가는 남편의 뒷모습을 바라보며
저만치 느긋하게 걸어오는 당신이 거기 있었어요.

그렇게 느긋하게 내 뒷모습을 바라보며 걷던 당신,

그래서 늘 거기 있다고 생각했던 당신이
휭하니 앞서 가버린 후
늘 뒷모습만 보여주던 날들을 후회하고 있습니다.
걸음걸이 하나 못 맞추던 날들이
그렇게 후회될 수 없어요.

가을이 되었네요.
쨍한 가을 햇살 속, 저만치 앞서 걸어가는
당신 뒷모습만이라도 보고 싶은.

밤길

어두운 밤길,
내비게이션에 의지하여
생전 처음 가보는 길을 갑니다.
국도를 달릴 때에는 그런대로 괜찮았어요.
지방도로로 들어서자
그야말로 암흑.

제 앞을 겨우 비추는 헤드라이트와
내비게이션 목소리에만 의지하여
어디가 어디인지 알 수 없는 길을 찾아갑니다.

헤드라이트가 비추는 코앞만 보일 뿐
내비게이션 지도와 실제 지형을
비교조차 할 수 없는 어둠 속,
그저 목소리에만 의존하다 보니

"경로를 재탐색합니다"라는 안내음에
흠칫 놀라기를 몇 차례.

아무것도 보이지 않는 어둠 속에서
내비게이션만 믿고 가다 보니
문득 두려워졌습니다.
내비게이션이 안내한 목적지에 도착하면,
그곳은 내가 찾던 곳일까?
거기는 내가 가고자 했던 곳일까?
지나온 길도 보이지 않고
가야 할 길도 보이지 않는 어둠 속에서
나는 잠시 멈춰 섰습니다.
그리곤 문득 당신이 궁금해졌습니다.
아, 당신이 앞서간 그곳은
당신이 가고자 했던 곳이던가요?
당신이 찾던 그곳이었나요?

시간은 흘러갑니다

시간이 흐를수록
버리는 물건이 늘어갑니다.
하잘것없는 물건들이지만
당신과의 추억 때문에,
그 물건을 보면 당신 생각이 나서
버리지 못하던 것들.

그 물건 개수가 자꾸 줄어갑니다.

어젯밤엔
딸아이가 예쁜 양치질 컵을
세면대 위로 올려놓고는
그동안 쓰던 컵을 버리겠다고 했어요.
응 그래, 새 컵이 예쁘네 하며
그러라 했지만

내심 아쉽고 아쉬웠어요.
당신과 오래도록 함께 쓰던 그 컵,
사용할 땐 잘 몰랐는데
버리겠다고 하니 갑자기
세면대 거울 속에
당신 모습이 어렴풋이 비치네요.

양치질 컵이 뭐 그리 중요하겠어요.
하잘것없는 물건이지만,
버리지 못하고 있었을 뿐.

시간은 그렇게 흘러갑니다.

찔레꽃

아파트 창문으로 넝쿨을 뻗어 올라온 찔레가
하얀 꽃을 피웠습니다.
당신이 심어놓은 것이지요.
하얀 찔레꽃이 좋다며
어렵게 어렵게 구해서 심어놓은
그 꽃이 피었네요.

작년에도 피었을 테고
재작년에도 피었을 텐데
그런데 꽃을 본 기억이 없습니다.
다른 꽃들도 눈에 보이지 않았어요.
당신이 떠난 후
꽃이 피어도 내겐 보이지 않았나 봅니다.

그런데 올해 갑자기 꽃이 보이기 시작했어요.

당신 떠난 지 3년,
벌써 이렇게 안정이 되어 가는 건가요?
그래서 갑자기 꽃이 보이기 시작한 올봄엔
오히려 당신에게 미안한 생각이 드네요.

내 마음에 정좌한 당신을 보듯
흰 꽃잎 속 한가운데 들어앉은
노란 꽃술을 잠시 들여다봅니다.

전원

자꾸 저전력 모드로 들어가는 날이 많아지고서야
그가 나의 전원이었음을 깨닫는다.
그의 웃음만이 아니라
도란거리는 일상의 말소리나
술 적게 마시라는 잔소리까지도
나를 충전시키는 전원이었음을,
내가 그곳에 선을 대고 있었음을.

그 전원이 끊긴 후,
빨간색의 저전력 모드 경고가 들어 오고야
그와의 일상이 바로 전원이었음을 깨닫는다.

그래도 미안해

당신이 심어놓은 찔레가,
당신이 어렵사리 구해 심어놓은 그 찔레가
오늘 아침에
창가까지 올라왔어.

덩굴을 뻗어 올리는 찔레.
장미처럼 가시가 있는 찔레,
오늘 아침엔 문득
그 찔레가 창가로 올라와
집 안을 들여다보고 있어.

당신이 떠난 후
꽃밭은 사실 엉망이 되었지.
함께 꽃을 심고 대추나무에 비료를 주고
가을이면 대추를 따 이웃과 함께 나누던

그 모습이 아니야.

오늘은 그 엉망인 꽃밭을
정리하려고 맘먹었어.
정전 가위를 들고 나가 살펴보니
꽃밭은 생각보다 훨씬 엉망이었어.
그동안 이렇게 될 때까지 뭘 했지.

이것저것 엉켜있는 것은 모두 자르기 시작했지.
그리고 마침내 찔레까지.
정리해야겠다는 생각에서 시작했지만
내 가위질이 너무 거칠고 사나웠나 봐.
미안해,
당신이 힘들여 심어놓은 찔레를
이렇게 잘라버려서.

당신이 있는 곳엔
찔레만이 아니라
좋아하는 꽃들이 다 필 거 아냐.
그러니 이해해줘.

여기 있는 당신의 찔레는
창가까지 올라와 집안을 들여다보고 있어.
그리고 찔레는 가시까지 있잖아.
그래서 정리하고 싶었어.
그래도 미안해, 미안해.

제3부

살다 보면 살아진다

살다 보면 살아진다

'살다 보면'이라는 노래가 있다.
"그저 살다 보면 살아진다."
"그저 살다 보면 살아진다."

당신이 세상을 떠난 후 나는,
차를 몰고 가다가 길가에 세우고
한참을 울던 시간도 있었지만
살다 보니 살아졌다.
밥을 먹다가도
갑자기 울컥하며 목이 메어
한참을 멍하니 있는 때도 많았지만
살다 보니 살아졌다.
터벅거리는 발자국 소리가 들리는
시간도 많아졌지만
살다 보니 살아졌다.

피어나는 꽃들조차 그렇게 싫더니만
살다 보니 살아졌다.
거지 같다 정말 거지 같다,
내가 살아가는 시간들에 대해
속으로 욕을 하며 살았지만
그 시간들도 그렇게 지나가고
살다 보니 살아졌다.

그저 살다 보면 살아진다.

발자국 소리

늦은 밤 걸어서 집으로 돌아오는 길에
터벅거리는 내 발자국 소리가 들렸어요.
예전엔 그 소리를 듣지 못했지요.
어쩌면 내 빠른 걸음 때문이거나
터벅거리며 걷지 않았기 때문인지 모르죠.

그런데 이제 나는 가끔
나의 발자국 소리를 듣게 되었습니다.
터벅이며 집으로 돌아오는 늦은 밤,
문득 당신이 했던 말이 떠오릅니다.

멀리서 들리는 당신 발자국 소리로
오는 거 알았어.

나 스스로는 듣지 못하던 발자국 소리로

나의 늦은 귀가를 알아채던 당신,

여보, 오늘 내 발자국 소릴 들어보니
나, 술 얼마나 마신 거 같아?

정갈한 비행

먼 곳으로부터 날아온 새의 무리가
빈 겨울 하늘에
너무나 정갈하게 날아갑니다.

양 갈래로 사선을 그어
화살 표시 모양을 만들어 날아가는 모습을
한참 동안 바라봅니다.
그 커다란 화살 표시가 가리키는 곳,
그들이 날아가는 그곳을 바라보고 있습니다.
그들의 흔적이 가물가물해질 때까지
그리하여 빈 하늘만 남을 때까지
바라보고만 있습니다.

그들이 어디로 날아가는지 알 수 없고
또 당신은 어디로 날아갔는지 알 수 없지만

텅 빈 하늘만 바라보며
난 하염없이 당신이 그립습니다.

화살 표시라도 남겨놓지.

담금술

당신은 내가 담근 과일주를 참 좋아했지요.
밖에서 술을 좀 과하게 마시면
다음날 머리가 아프지만
내가 담근 술은 아무 뒤탈이 없다고 좋아했지요.
과일을 큰 병에 통째로 담고 거기 술을 붓는
내가 개발한 특이한 방식의 과일술.

당신이 떠난 후
모든 일이 의미가 없어졌기에
술 담그는 일을 한동안 그만두었지요.
내가 마시겠다고 내 술을 담그는 일,
마시며 좋아해 줄 사람이 없는 그 일은
의미가 없었어요.

3년쯤 지난 후,

다시 술 담그는 일을 시작했어요.

당신 기일에 또는 명절에

상에 올려야겠다는 생각 때문이었지요.

1년에 몇 차례지만

내가 그대에게 보내는 술 몇 잔,

아직 맛이 괜찮은가요?

내가 만든 음식을 참 좋아하던 당신,

이번 차례상에 올린

갑오징어구이, 전복구이, 서대찜,

대하구이, 바지락 꼬쟁이, 산적,

모두 좀 짜게 되었지만,

술안주는 짭짤한 게 제격이예요.

시간의 항아리

한 발씩 내디딜 때마다 어둠이 깊어진다.
나는 어둠의 동굴 속에 그렇게 버려져 있다.
소리를 지르면
그 소리가 울리면서 되돌아오는
그런 동굴.

어둠이 깊어진다는 것은
발을 내디딜 때마다
더 깊은 곳으로 빠져드는 것 같기 때문이다.
시간의 항아리 입구에서
한 발짝을 뗄 때마다
더 깊은 항아리 속 어둠으로 들어간다.

시간의 항아리는 그 몸체가 울룩불룩하여
언젠가는 좁은 몸통을 다 지나고

결국 서서히 서서히

밝아지는 시간을 만나기도 하겠지만

지금 통과하는 시간의 항아리는 깊은 어둠이다.

나는 그렇게 이 항아리 속 시간을 지나고 있다.

어디쯤 왔는지 알 수 없고

언제쯤 끝날지 알 수 없는

혼자 걷는 발자국 소리만 들리는

이 깊은 어둠 속에

나는 그렇게 버려져 있다.

겨울바람의 꼬리

3월,
겨울바람의 긴 꼬리가
창문을 툭툭 치며 지나간다.
다 빠져나가지 못한 채
아직 여기에 꼬리가 남아 있는 겨울바람.

남아 있는 겨울바람의 꼬리처럼,
떠난 지 몇 년이 지났지만
당신의 흔적들은
내 삶의 여기저기에 남아 있다.
그 흔적들에 마음이 따뜻해지다가도
때론 겨울바람이 불어온 것처럼
마음이 움츠러들기도 한다.

그래, 4월에도 가끔은 그런 바람이 불 듯

당신의 흔적들은 계속 그렇게 남아 있을 것이다.

계절이 바뀌어

아, 이제 괜찮아지나 보다 하고 생각할 때쯤

다시 겨울은 찾아올 것이고

바람은 불어올 것이다.

겨울이 찾아오면

넣어두었던 패딩을 꺼내입고

또 계절이 바뀌면 옷장에 다시 넣듯

그렇게 그렇게 살아가게 되겠지.

아직 빠져나가지 못한

겨울바람의 긴 꼬리가 창을 건드리며 지나가는 3월.

연골

나이가 들면서 연골이
점차 닳아 없어져서 생기는
퇴행성 관절염.

뜨끔거리는 무릎으로
지하철 계단을 오르내리며
문득 당신을 생각했다.

손가락을 접고 펴고 손을 흔들고
걷고 뛰고 앉고 일어서고
고개를 흔들고 고개를 저을 수 있는 것까지
모두 관절이 있기 때문이지만
그 관절들은
연골이 있어야만 삐걱거리지 않는다.
연골이 있어야만 부드럽게 움직일 수 있다.

시간이 지나면서 연골이 점차 닳아 없어지는
퇴행성 관절염,
우린 그것을 어쩔 수 없이 받아들이게 되지만
일상의 모든 관절이 갑자기
삐걱거리고 아프게 되어 버린
당신과의 이별.

이제는 연골이 다 닳아
뼈와 뼈가 맞부딪치는 시간,
윤활유가 다 닳아버린 엔진 같은
그 시간을 지나고 있다.

일상의 관절 사이 사이에
숨어 있던 당신이
어느 날 갑자기 떠나버린 후,

나는 뼈와 뼈가 맞닿아

뜨끔거리는 통증으로 다리를 삐걱거리며

오늘 지하철 계단을 오른다.

샤워를 하며

하늘을 향해 치솟는 분수와 달리
샤워기는 운명적으로
아래를 향해 물줄기를 뿜어댄다.
그의 꺾인 목은 운명이려니 생각하며
온몸에 물을 흠뻑 맞는다.
그래, 운명이란 그런 거겠지.
샤워기의 꺾인 목처럼.

몸을 타고 흘러내린 물은
쫄쫄거리며 하수구로 흘러들고
그 운명은 또 어디에 가 닿을지 알 수가 없다.

샤워를 하며 오늘 할 일들을 생각하고
그 순서까지 정해보지만
샤워기 물이 온몸을 흠뻑 적신 후

어디론가 흘러가듯
오늘 나의 시간도
어디로 흘러 흘러갈지 알 수가 없다.
그것을 운명이라고 부르는 것일까.

그녀와의 이별도 그랬다.
오랜 시간 아파 누워있었다거나 해서
어느 정도 예견할 수 있는 게 아니었다.
너무나도 갑작스러운 이별,
새벽 전화벨 소리에 깜짝 놀라 일어나며
직감해야 했던 이별.
그걸 그냥 운명이라고 해야 하나.

샤워를 하며
하수구로 흘러가는 물과 운명을 생각한다.

그러다 보면 샤워를 하는 시간이
조금 나아진다.

더구나 조금 소리 내어 울어도 되고
씻고 나와도
딸은 내가 울었다는 걸 모르기 때문이다.

홀아비

회사엘 다니던 당신은
일요일에도 출근을 해야 했지.
딸이 아주 어렸던 시절.

나는 일요일이면 딸을 데리고
어딘가로 향했지.
아동극을 보러 간다거나
한강 고수부지로 나들이를 간다거나
그냥 백화점 구경을 가기도 했지.
좀 더 큰 후에는 서점엘 데리고 나갔다가
퇴근하는 당신을 만나 함께 저녁을 먹기도 하고.

일요일마다 혼자 딸을 데리고 나가는
나를 보며 아파트 주민들은
홀아비인 줄 착각을 했고,

너무 젊어서 홀아비가 된 나를
불쌍히 생각한다는 얘길 전해 듣고
우린 한참을 웃었지.

20년도 넘은 세월이 지난 후,
어느 날 당신은 떠나고
난 진짜 홀아비가 되었어.
매주 어린 딸과 함께 나가던 그땐
내가 그의 손을 잡았지만,
이젠 가끔 딸이 내 팔짱을 끼기도 하지.
양 갈래로 곱게 머리를 땋은 딸이 아니고
이젠 서른을 훌쩍 넘긴 딸이
내 팔짱을 끼면
내가 그의 손을 잡고 나가던 때처럼 좋기도 하고
가끔은 어색하기도 해.

당신과도 팔짱을 낀 적이 많지 않았으니까.

이제 진짜 홀아비로 살아가고 있지만
사람들은 날 불쌍히 생각하지 않아.
함께 외출을 하는 우릴 보며
참 좋아 보인다고 생각하는 거 같아.
눈빛을 보면 알잖아.

그래도 가끔은
당신 혼자 집에 두고
둘만 외출을 하는 거 같아 미안하기도 해.

성당에 나가려고요

여보, 나 성당 나가기로 마음먹었어요.
당신이 열심히 나가던 그 성당.

당신 생전에,
성당엘 같이 가자고 가끔 얘기했었지요.
그때마다 나는 당신 기분 나쁘지 않을 정도의 어조로
그럴듯한 이유를 대며 싫다 했었지요.
그랬던 내가 성당엘 나가기로 했어요.

당신이 있을 땐
성당에 잘 가지도 않던 딸아이가
당신이 세상을 떠난 이후론
한 번도 빠지지 않고 성당엘 가고
성서 모임에도 열심이더라고요.
어쩌면 당신의 빈자리를

가장 아름답게 채우는 방법인지도 몰라요.

그렇다면 내가 세상을 떠난 후
딸은 나의 빈자리를 무얼로 채울 수 있을까 생각하니
가슴 한켠이 갑자기 먹먹해졌어요.

언젠가 나도 당신 곁으로 가겠지요.
그때, 딸이 조금이라도 덜 슬펐으면 좋겠어요.
아버지의 빈자리를 채울 수 있는
그 무엇이 있었으면 좋겠어요.
그래서 성당엘 함께 나가려고요.
나까지 떠나고 나서 홀로 남겨질 딸을 생각하면,
언제가 될지 모를 그날을 생각하면,
지금부터 가슴 한켠이 먹먹해집니다.
주일이면 딸과 함께 성당엘 가려고요.

그것이 나중에 홀로 남겨진 딸의 슬픔을

조금이라도 누그러뜨리지 않을까 생각하며

딸과 함께 성당엘 가려고 해요.

설사 딸의 슬픔을 누그러뜨리진 못하더라도,

성당 옆 빈자리가 더 허전해지더라도,

함께 있는 동안

마주 잡았던 손의 따스한 체온이라도

기억으로 남겨주고 싶어서예요.

딸이 내게로 왔다

술 취한 아버지가 잠자리에 들라치면
딸은 내게로 온다.
'아빠 잘 자' 인사를 하거나
간혹 나의 등 뒤에 붙어
날 꼬옥 안아주고 간다.
지 에미 생전에는 한 번도 해보지 않았던 일.
어느 날부터,
아내가 세상을 떠나고 난 후 어느 날부터,
딸은 내게로 온다.

그리고 그 밤이 지나고 아침이 오면
나는 그의 방으로 간다.
'딸, 일어나, 응, 일어나세요'
그리곤 그를 꼬옥 안아준다.

딸이 내게로 오고

내가 딸에게로 간다.

따뜻한 이별

내 인생의 마지막 기도는 이런 것이다.

딸과는 이별할 수 있는 시간을 주소서.
그의 손을 붙잡고
'네가 내 딸이어서 고마웠다'는
인사를 할 수 있는
따뜻한 기회를 주소서.

병원에서 걸려온 새벽 전화에 놀라
정신없이 달려갔을 땐,
이미 서로 작별 인사를 나눌 상황이 아니었던
그 새벽 아내와의 이별,
그 새벽과 같은 이별이
내 딸에겐 일어나지 않게 해주소서.

딸과 제대로 이별할 수 있는
따뜻한 기회를 주소서.
아내와 이별 인사조차 못 나누고
병원 한 귀퉁이에 서서,
하염없이 울어야 했던 그 새벽의 이별이
딸에겐 일어나지 않게 해주소서.

어차피 해야 하는 이별이지만
인사는 나누고 헤어지게 해주소서.
차가운 이별이 아니게 해주소서.
손을 붙잡고 서로의 온기를 느끼며
따뜻하게 따뜻하게 이별하게 해주소서.

그녀를 그리다, 마지막

이제 여기서 당신에 대한 시는
마무리하려고 한다.
많이 쓴 것은 아니지만
몇 년 동안 끊임없이 써왔다.
사람들은 내게
그런 슬픈 시, 자꾸 쓰지 말라고 말했지만
내가 써야지 하고 맘먹고 쓰는 시들이 아니었다.
시를 쓰다 보면 자연스레
당신이 곁에 와있다가 사라지고
당신과의 시간들도 나타났다 사라지곤 했다.
그래서 시를 쓰는 동안엔
이 시간 저 시간이 모두 뒤섞였고
난 그 뒤섞인 시간에 머물 수 있었다.

당신은 씨익 웃으며 말하리라,

뭘 우리가 그렇게 뜨거웠다고 시까지 써?

그래, 처음 만나 결혼을 하기까지

넉 달 동안의 뜨거움은

결혼 후 이내 사라졌지만

그래도 싸우며 10년,

편안한 친구로 20년을 살았다.

난 살면서

큰일을 겪어도 늘 그러려니 하고

이내 평정심을 찾았고

큰 상실감을 느끼거나 하진 않았다.

그렇게 스스로를 다독이며 살아왔지만

당신과의 이별은 달랐다.

그 상실감의 시간이 길었고

내색하지 않고 참는 시간이 참 오래 갔다.

그러나 이제

당신을 그리는 시는 이쯤에서 그만두려 한다.

다른 새로운 사람이 생긴 것은 아니다.

사랑이 있어야 할 자리,

그 진심과 진실을 알고 있기에

이제 그 부담스러운 일,

사랑 같은 건 하지 않을 것이다.

그 견디기 어려웠던 상처도

시간이 가니 조금씩 아물게 되었고

당신 산소에 가는 횟수도 점차 줄게 되었듯

시를 쓰는 동안

당신이 왔다 가는 횟수가 줄더니

이젠 별로 오고 싶지 않은가보다 하는 생각이 들었다.

사실 당신이 오고 싶지 않다기보다
시간이 그만큼 흐르는 동안
내 삶 속 당신의 흔적이
조금씩 지워지고 있었는지 모른다.

그래, 격하게 싸우며 10년
맘 편한 친구로 20년 살았듯
당신에 대한 시를 10년쯤 써왔으니
이제 그냥 멀리 있는 친구,
잘 지내려니 생각하며 살려고 한다.

잘 지내,
가끔 찔레꽃, 능소화, 수국으로
당신이 보낸 소식 들으며
나도 그렇게 지내 볼게 안녕.

시에도 그런 얘길 썼지만, 아내와 나는 뭐 그리 뜨겁게 사랑을 하며 산 것은 아니다. 동성동본인 우리는 혼인신고조차 할 수 없었던 그 시절에, 만난 지 4개월만에 결혼을 할 만큼 뜨겁던 때도 물론 있었다. 그래서 모든 걸 무시하고 결혼까지 한 것이겠지만. 그렇다고 함께 산 30년의 세월이 다 그렇진 않았다. 성격이 강한 두 사람이 만나 10년 동안 싸우다 보니 그래도 어느새 서로에게 조금씩 맞춰가게 되었다. 장롱문을 조금씩 덜 닫던 아내의 습관이 그다지 신경 거슬리는 일이 아니게 되었고 옷을 아무렇게나 벗어놓는 아내처럼 나도 그렇게 하다 보니 참 편하다는 걸 알았다. 그리곤 나중엔 아내에게 오히려 잔소리를 들어야 했다.

서로 맞춰가다 보니 나중 20년은 함께 술잔을 나누며 속 얘길 털어놓는 친구가 되었다. 어떻게 보면 아내는 내게 참 관대했다. 매일 술에 취해 들어오고 하나하나 참견까지 해대는 까탈스러운 날 보며 많이 참았을 것이다. 난 그런 관대한 친구였던 아내에게 지금 와서야 미안한 생각이 많이 든다.

그녀가 어느 날 갑자기 떠나간 후, 나는 그때까지 살아온 세상이 아닌 엉뚱하고 낯선 곳에 버려져 있는 것을 알았다. 정신을 차리려고 애썼지만 맘먹은 대로 되는 것은 아니었다. 가능한 한 내색을 하지 않으려고 애쓰는 만큼 더 힘들었다. 그래서 혼자 있는 시간에는 참 많이도 울었다. 그러다가 어느 정도 시간이 흐른 뒤부터 이래선 안 되겠다는 생각이 들어, 내 삶의 곳곳에 남아 있는 그녀의 흔적들에 관한 시를 쓰기 시작했다. 그녀에 대한 시를 쓰는 것이 괴롭기보다 오히려 마음을 안정시키는 위로가 되었기 때문이다. 물론 가끔은 시를 쓰다 혼자 울기도 했지만. 오랜 시간 아내에 대한 시를 쓰고 있는 날 보며 주위 사람들은, '그런 슬픈 시는 이제 그만 쓰고 훌훌 털어버려'라고 말했지만 난 그런 말이 참 듣기 싫었다. 그 말은 나에게 할 위로의 말은 아니었다. 그런 얘기는 귓등으로 흘려버리고 나는 아내에 관한 시를 썼고 간혹 잡지에 발표도 했다. 나의 삶 속에 있던 그녀는 세상을 떠난 뒤에도 여기저기에 있었고 그때마다 나는 그 이야기를 쓰고 싶었기 때문이다. 그러니까 이 시들은 내 삶 속에 있는 그녀에 관한 이야기이자 그녀와 이별한 후 어둠 속에 버려진 나의 이야기이기도 하다.

아내에 관한 시집을 내는 일은 조금 망설여졌다. 그까닭은 아내와 나의 삶의 이야기를 그것도 10년이나 흐른 뒤에 굳이 책으로까지 낼 거 있나 하는 생각 때문이었다. 그래도 그녀와 나의 삶의 이야기 그리고 어느 날

절망의 어둠 속에 빠져 있던 내가 시를 통해 어떻게 그 곳을 간신히 기어 나왔는지를 남겨두는 것도 괜찮겠다는 생각이 들어 출간하기로 마음을 먹었다.

우리 인생엔 어느 날 느닷없이 생각지도 못한 어둠 속에 버려지는 일이 생기기도 한다. 나에겐 아내와의 이별이 그랬다. 오늘도 누군가는 그 절망의 어둠 속에서 버티려 안간힘을 쓰고 있을 것이다. 그래서 어느 날 문득 내 삶에 찾아온 절망과 고통에 관한 기록인 이 시들이 그런 분들께 조그만 위안이라도 되었으면 좋겠다.

시집을 내겠다고 마음먹고 나니 또 이일 저일이 맘에 걸렸다. 한 권의 시집이 되기에는 편수가 많지 않았기 때문이다. 아내에 관한 시가 40편이니까 1년에 고작 4, 5편 정도 쓴 셈이다. 그래서 처음엔 다른 시들과 함께 묶을까도 생각했지만, 마음이 불편했다. 시집이 조금

얇으면 어떠랴. 그냥 아내 관련 시들만을 모아 책을 내야겠다 생각하니 마음이 편해졌다. 오히려 잘한 것 같은 생각도 든다.

그러나 이젠 이 책을 내는 것으로 아내 관련 시들은 가능한 한 마무리하려 한다. 가능한 한이다. 어떻게 보면 그동안 많은 시를 쓴 것은 아니지만 이제 마무리할 때가 되었다는 걸 나는 안다. 내 삶 속에 그렇게 자주 나타나던 그녀가 10년이 지나니 이젠 뜸해졌다는 걸 느낀다. 그것은 아마도 시간이 흐르면서, 내 삶 속에서 그녀의 흔적이 조금씩 지워지고 있기 때문일 것이다. 그렇다고 아내와 이별한 후 초기 몇 년처럼 계속 살 수는 없는 일이다. 그래서 오히려 책을 냄으로써 잘 마무리를 하고 싶다는 생각이 들었다.

이 시집을 먼저 세상을 떠난 아내 인숙에게 바친다. 하늘나라에서 읽어줘. 내게도 이젠 몇 년의 세월이 남아 있을지 모르지만, 당신이 그토록 사랑하던 딸과 함께 사는 날까지 잘 살게.

마지막으로 시집을 출간해준 나무발전소 김명숙 대표께도 감사드린다.

2022년 책을 출간하는 뜻을 적다.

박 상 천

초판 1쇄 발행 2022년 5월 15일
초판 2쇄 발행 2022년 5월 26일

지은이 박상천

펴낸이 김명숙
펴낸곳 나무발전소

주소 03900 서울시 마포구 독막로 8길 31, 701호
이메일 tpowerstation@hanmail.net
전화 02)333-1967
팩스 02)6499-1967

ISBN 979-11-86536-85-8 03810